MARINE BLANDIN SÉBASTIEN CHRISOSTOME

LA RENARDE

1 – CRUAUTÉS

casterman arte EDITIONS

À Hervé et Gwen, merci pour tout !
Marine Blandin et Sébastien Chrisostome

www.arteboutique.com
www.casterman.com

Conception graphique : Studio Casterman BD

ISBN 978-2-203-09178-8
N° d'édition L.10EBBN002285.A002

Achevé d'imprimer en avril 2019 par DZS GRAFIK d.o.o. (Špelina ulica2, 2000 Maribor, Slovénie), sur du papier offset blanc 140 g. Ce papier est composé de fibres naturelles, renouvelables, recyclables, et fabriquées à partir de bois provenant de forêts gérées durablement.
Dépôt légal : mai 2015 ; D.2015/0053/240

AH! AH! AH! Je te tiens, la Renarde!
Trés bien chasseur, j'accepte ton défi et suis prête à entendre ton énigme.
De Quoi?
Un sphinx! C'est un sphinx!
Hein?
Bravo chasseur, c'était la bonne réponse, tu peux continuer ta route.
Quoi?

Haltewahwouh! L'entrée du poulailler est interdite aux renards!
J'ai oublié mes affaires à l'intérieur...
Ha, heu...
Wouh...
Ba euh... Allez-y alors...
Wouh...
Merci.
Voyez?
C'est bon wahwouh.
Poc?
Wouh.

V... Vite... Dépêchez-vous, les enfants ! Il ne faut pas rester dehors !
Bonjour ! Qu'est ce que vous avez de beau aujourd'hui ?
ÂÂÂH !
OH ! Mais ces oranges sont magnifiques ! Allez ! Je vous prends le tout !
S'il vous plaît, pas encore mes petits !
Bonne journée !

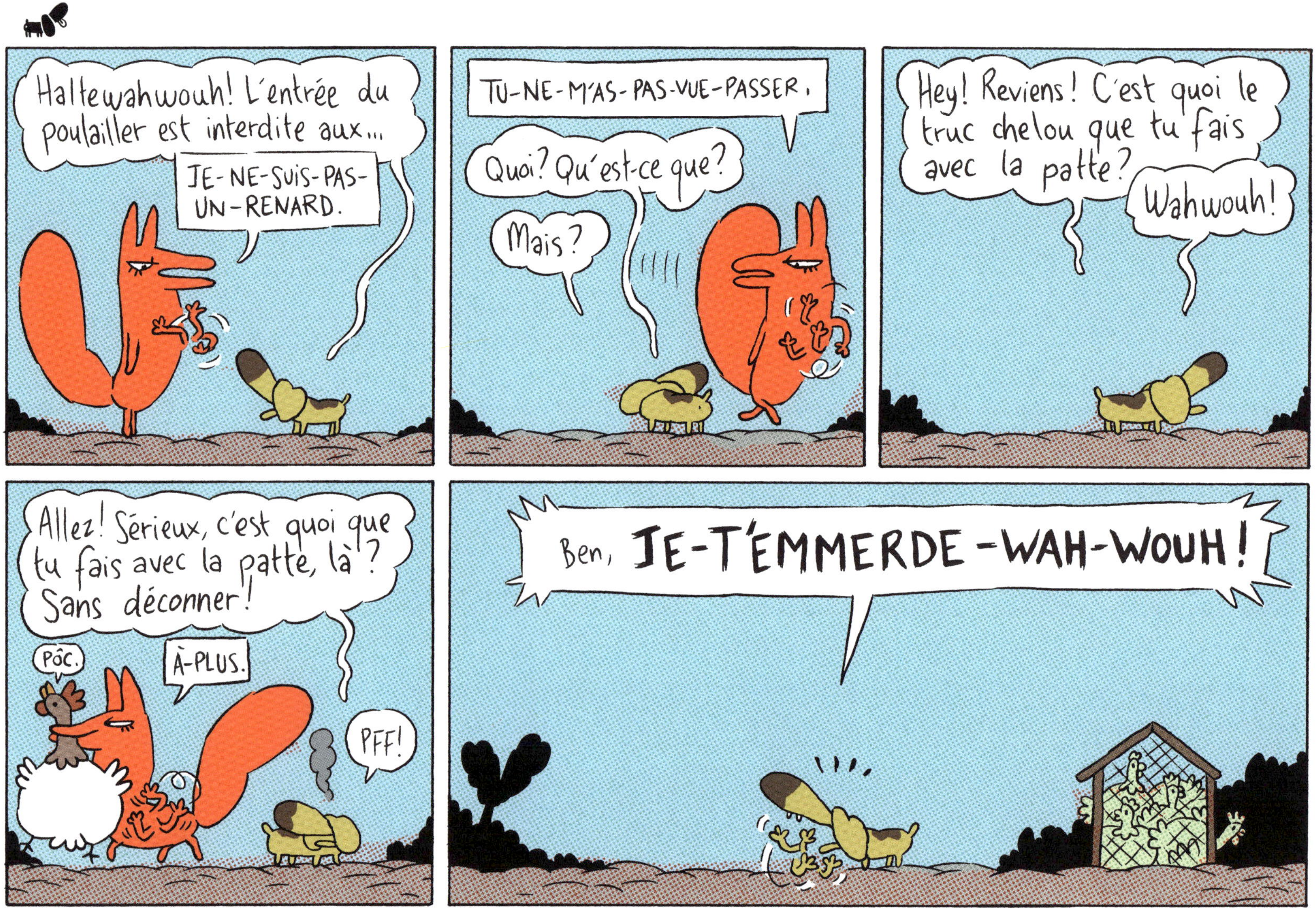
Haltewahwouh! L'entrée du poulailler est interdite aux...
JE-NE-SUIS-PAS-UN-RENARD.
TU-NE-M'AS-PAS-VUE-PASSER.
Quoi? Qu'est-ce que?
Mais?
Hey! Reviens! C'est quoi le truc chelou que tu fais avec la patte?
Wahwouh!
Allez! Sérieux, c'est quoi que tu fais avec la patte, là? Sans déconner!
PÔC.
À-PLUS.
PFF!
Ben, JE-T'EMMERDE-WAH-WOUH!

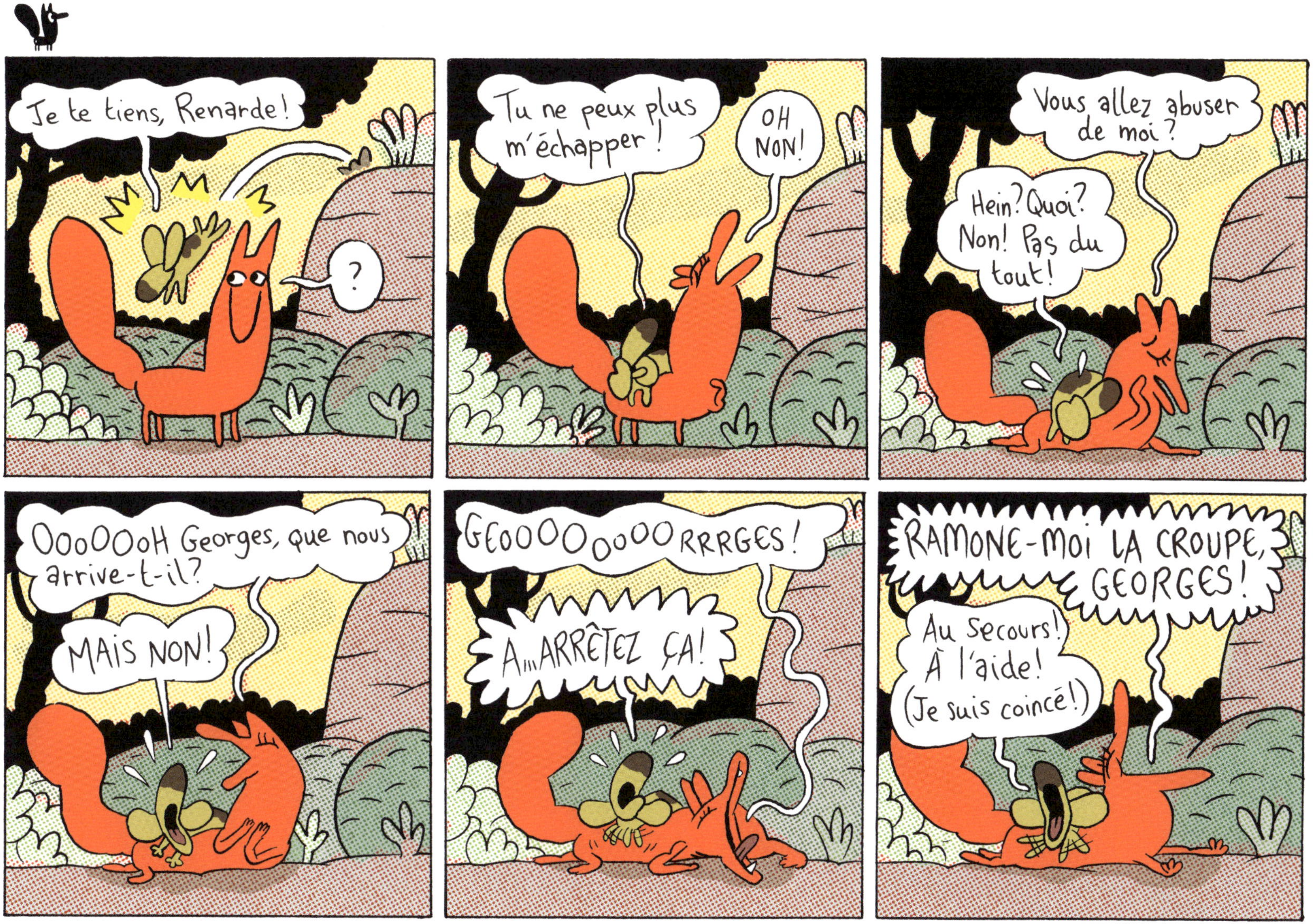
Je te tiens, Renarde!
?
Tu ne peux plus m'échapper!
OH NON!
Vous allez abuser de moi?
Hein? Quoi? Non! Pas du tout!
OooOOoH Georges, que nous arrive-t-il?
MAIS NON!
GEOOOOOOOORRRGES!
A...ARRÊTEZ ÇA!
RAMONE-MOI LA CROUPE, GEORGES!
Au Secours! À l'aide! (Je suis coincé!)

Ho?
Poo
CLAP
Poc.
Un décapsuleur!

Maman? Pourquoi on peut jamais sortir jouer?
S'il vous p... plaît... Restez tranqu... tranquilles... Maman est fatiguée...
Bonjour! C'est la Renarde!
ÂÂÂÂ
Je vous ai ramené les emballages consignés de la semaine dernière...
Qui c'est, maman?
Restez derrière, les enfants.
BLIC
BLOC
À bientôt!

Maman?
Maman?
Maman?
Maman?
SKLOP
Maman?

TSAA!!
Ah! Ah! Ah! Je te tiens chasseur!
AAA!
N'approche pas, John! Ou je nous fais sauter avec les otages!!
Hein?!
J'avais commandé ma pizza sans chorizo, Jack! Tu l'auras voulu!! J'appuie!
Hein?! Non! Attends!
Pourtant, je t'aimais, Jimmy...
BAM!!!

Rzz
Rzz
Ha t'aimes ça hein? Ma salope!
Hein? Que? Quoi? Wouh?
Tiens! Tiens! Et tiens!
Mais je... mais...
À bientôt!
Mais...
Mais pourquoi?

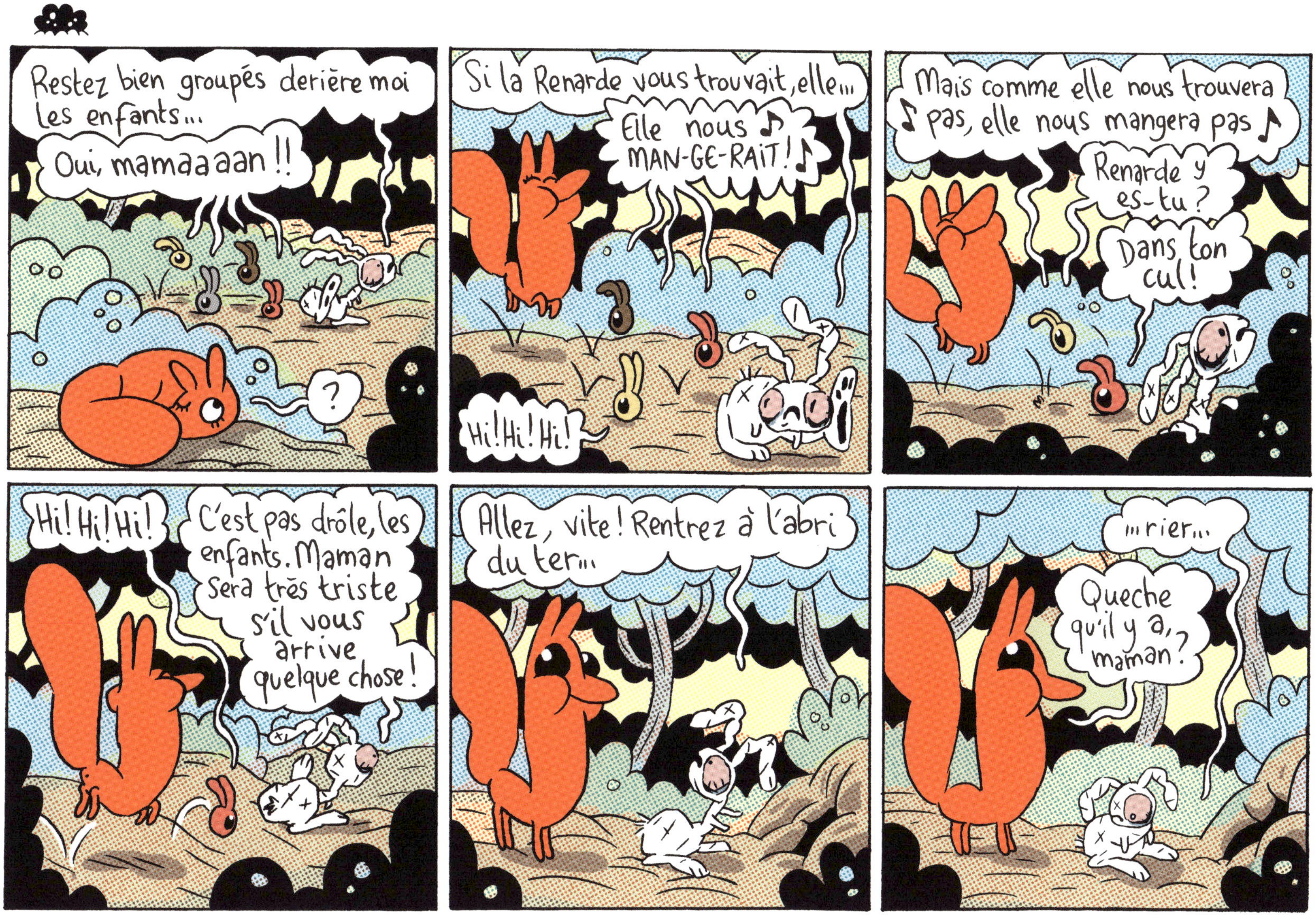

Restez bien groupés derière moi les enfants...
Oui, mamaaaan !!
?
Si la Renarde vous trouvait, elle...
Elle nous ♪ MAN-GE-RAIT ! ♪
Hi ! Hi ! Hi !
Mais comme elle nous trouvera ♪ pas, elle nous mangera pas ♪
Renarde y es-tu ?
Dans ton cul !
Hi ! Hi ! Hi !
C'est pas drôle, les enfants. Maman sera très triste s'il vous arrive quelque chose !
Allez, vite ! Rentrez à l'abri du ter...
...rier...
Queche qu'il y a, maman ?

Cette fois je te tiens, Renarde! Et n'essaie plus de m'embrouiller!
Slip!
HEY!
Mmm...
Dégueu!!!
AAAA!!
Mmm...
Mais ça va pas, non?!
JAMES!
Reviens, James!! Qu'est-ce que j'ai fait de mal?!
Espèce de TARÉE!

Ah! Quand même! On peut dire que t'as la belle vie toi! Vagabonder comme bon te semble!
T'as faim? Paf! Tu voles une poule! T'as pas faim? Paf! Tu manges pas!
T'es libre, t'vois...
Pas de tâches agricoles, tu te lèves quand tu veux, tu tires des charrues quand t'en as envie...
Ah, si y avait pas cette clôture...
CLIC!
Fonce! Hardi étalon!

Et là, elle me dit : Je suis une puce, pas une pucelle !!!
Ah ! Ah ! Ah ! La grosse bitch !
HEY ! Les mecs ! Les mecs !
Salut Henri !
Les mecs ! Tout le monde a disparu ! C'est terrible !
J'ai cherché partout et je...
OH MON DIEU !!
HENRIIII !
AU SECOURS !!
CLAP
C'est bon, je crois qu'il reste plus une seule puce !
Vous pouvez me rendre ma femme, maintenant ?
Bien chûr !

THÉO?
LOUNA? MATHIS?
ENZO? CLÉO? C'EST MAMAN!
ETHAAAN! TIMÉOOO! IL FAUT RENTRER MAINTENANT!
LES ENFANTS?
SKLOP

Wawouh! On reste calme, on avance tout droit!
Blê
Blê
Blêê
L'enclos est tout droit... Continuez comme ça, wawouh!
Blê
Blê
On reste calme.
Blê
Blê
Blê
Blê
Blê
Blê
Blê
Blê
Blê
Blê
Blê
?
Blê

Mmmm.
La porte est ouverte... C'est l'occasion rêvée, man...
'Faut mettre les voiles, ouais...
Fini les corvées, les fers et les espaces étriqués! À moi le grand air et l'aventure!
Je suis un dissident ouais! Un rebelle, un révolutionnaire!
Un anarchisss...
Yo!
GROUiK

Hi! Hi!
Hi! Hi!
Hi! Hi!
Hi! Hi!
Hi! Hi!
Hop!
Ha! Ha!
Ha! Ha!
Ha! Ha!
Hop! Hop! Hop!
Ha! Ha!
Hé! Hé!
Hé! Hé!
Hé! Hé!
Hu! Hu!
Hu! Hu!
Hop!
Ho! Ho!
TADAAAA!

Allez Kevin! Qu'est-ce qui te retient ici de toute façon?
Le millet?
...Ou la paille?...
Le foin?
Le bon foin!
Ah! Et l'orge, ça c'est rudement bon ça, l'orge!
Oh! Et l'avoine!
Rrroputain l'avoine!
Miam, de l'aaaavoine...
Ah lala man! L'avoine !!!
Rââà et les granulés aux trucs! C'est goûtu ça, les granulés aux trucs...

Tu vois quelque chose, Terrence ?
Non, Bud...
Mais qu'est-ce que c'était ce truc ?
Je sais pas, Bud...
Si ce que nous a dit Henri avant que la créature l'emporte est vrai, alors tout le monde est mort !
Quelle horreur !
Tu sais ce que ça veut dire, Terrence ?
Non, Bud.
Nous sommes probablement les seuls survivants de notre espèce.
Tu serais pas en train de me faire un plan pour profiter de la situation et me sauter dessus ?!
Quoi ?
...Genre « ça me plaît pas mais il faut sauver l'espèce », tout ça...
Non, car on est deux mâles, Terrence !
Ouais... ouais...
Tiens-toi loin de moi quand même...
Abruti...

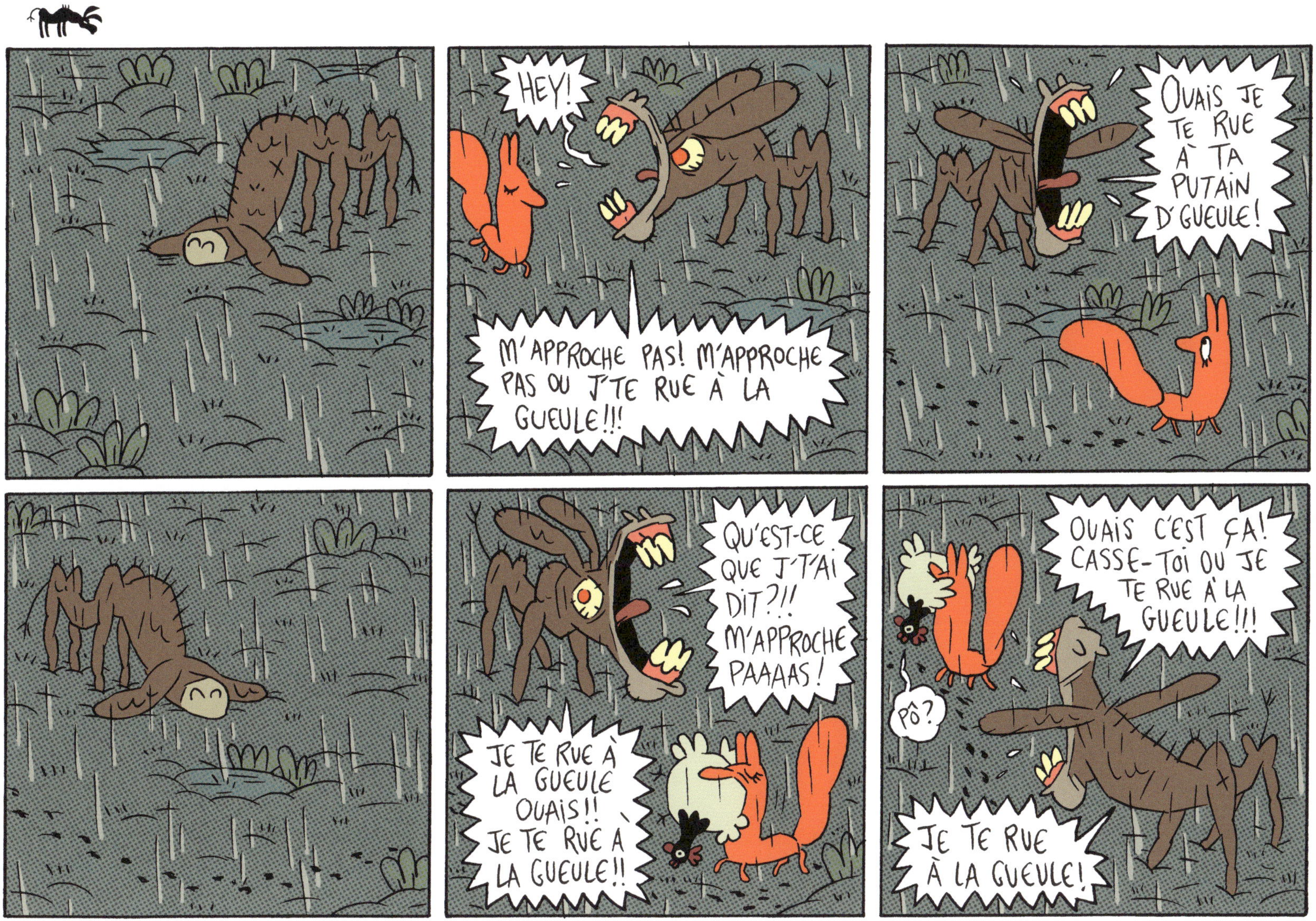
HEY!
M'APPROCHE PAS! M'APPROCHE PAS OU J'TE RUE À LA GUEULE!!!
OUAIS JE TE RUE À TA PUTAIN D'GUEULE!
QU'EST-CE QUE J'T'AI DIT?!! M'APPROCHE PAAAAS!
JE TE RUE À LA GUEULE OUAIS!! JE TE RUE A LA GUEULE!!
OUAIS C'EST ÇA! CASSE-TOI OU JE TE RUE À LA GUEULE!!!
PÔ?
JE TE RUE À LA GUEULE!

Le dernier au terrier c'est une renarde!
Attendez!
Hu! Hu!
Hé! Hé!
HA! HA! HA!
Hi! Hi!
Ouais!
Hi! Hi!
Ouais!
Hi! Hi!
Ho! Ho!
SPOF
SPOF
SPOF
POF
POF
Oh Oooh!
Des baies!
Hi! Hi!
Maman?
C'est un peu tôt pour la saison!

On te tient, la Renarde!
Hi! Hi!
Hi! Hi!
Oh nooon! Me voilà capturée!
Tu es notre prisonnière!!
Hi! Hi!
Hi! Hi!
Que vais-je devenir?
Hi! Hi!
Hi! Hi!
Hi! Hi!
Les enfants?
Les enfants? Vous êtes où? Maman est très inquiète!!
Ch'est eux qui ont commenché!

!
Haltewahwouh! L'entrée du poula...
Geooorges! Mais que fais-tu dehors par un temps pareil?
Georges, tu vas me faire le plaisir de nouer correctement ton écharpe!!
Enfin! Arrêtez!
Mais...
Tu veux attraper la mort ou quoi?
Mais...
Mais...
Eh mais vous allez pas me laisser comme ça, si?
Pôc?
Non mais sérieux ça serre vachement au cou...

Blê
Wawouh!
Blê
Wawawouh!
Blê
Blê
Wawouh!
Blê
Wawouh!
Blê
Blê
Blê
Blê
Blê
Wouh?

Bon, on va pas s'laisser mourir de faim, hein Bud !
Pour sûr, Terrence !
CROC !
Qu'est-ce que ?!
AAAAH !
J'ai toute la journée moi...

Vite Terrence ! Attrape une de mes pattes !
À moi Bud !
Je te tiens !
Vite ! Grimpons !
Il nous faut atteindre ce refuge !
Un dernier effort Terrence !
Nous y voilà !
Bon sang, Bud ! Qu'est-ce qui s'est passé ?!
Je sais pas, mais on l'a échappé belle !
Bye bye !

Miom... C'est l'heure du millet...
Hey cousin! Ça va? Tranquille?
WACK
DÉGAGE, Toi!
M'APPROCHE PAS !!!
M'APPROCHE PAAAS!
DÉGAGE, TOiii! Si TU REVIENS, JE TE RERUE À LA GUEULE, JE TE RERUE À LA GUEUUULE!!
Mais enfin...

Halte wawouh! L'entrée...
Je...
Ho...
Oh puis merde...
Hisse...
Je m'en lave les pattes, wawouh!
Allez, du nerf!
C'est ça, c'est ça.
SOUQUEZ!
Wouh...

Wawawawawouh!
Allez, groupez-vous, wawouh!
WAWAWAWAWOUH!
Bon allez, les gars, quoi! Merde!
Pff.
Prodigieux, Georges... Pro-di-gieux...
Je veux mourir...

Bonjour, c'est le facteur, je viens pour...
C'est bon, passe, wawouf.
Rrrien à fffoutre...
Ba alors, Georges ?
...
Ça va pas ?
Je peux revenir une autre fois sinon ?
Rrrnà battrrre...
Bon, on fait ça, je repasse quand ça va mieux !
Pfffrrr...

Bouwouff...
AAAAH!
GRRRRR!
WARF!
Wouh?

Renarde?
Reeeenarde?
Renarde Renarde Renarde!
Reee...
SKLOP

Maman? Ils sont où mes frères et sœurs?
Ils sont... Ils... Ils sont en voyage, Gaspard...
Et moi? Je pars pas en voyage moi?
Allez, viens! Dépêche-toi!
...C'est dangereux de rester...
...dehors...
Uh! Uh! Uh! J'avez vu? un chyclople!
Maman?
Oh non! Mon dernier!
GRR! Je chuis j'un chyclople!
Pfrl... J'avez auchun humour vous...
Maman?

Je suis un raté...
Allons Georges, c'est un peu exagéré !
Incapable d'attraper une renarde, incapable de guider des moutons...
... incapable de garder un poulailler...
Tu sais ce qu'il te faut Georges, c'est un bon remontant...
Wouh...
Bouge pas mon coco, je reviens...
WOOOOOOUUUUU!
Allez mon vieux, goûte-moi ça! Tu m'en diras des nouvelles!!
Poc
C'est pas sympa...

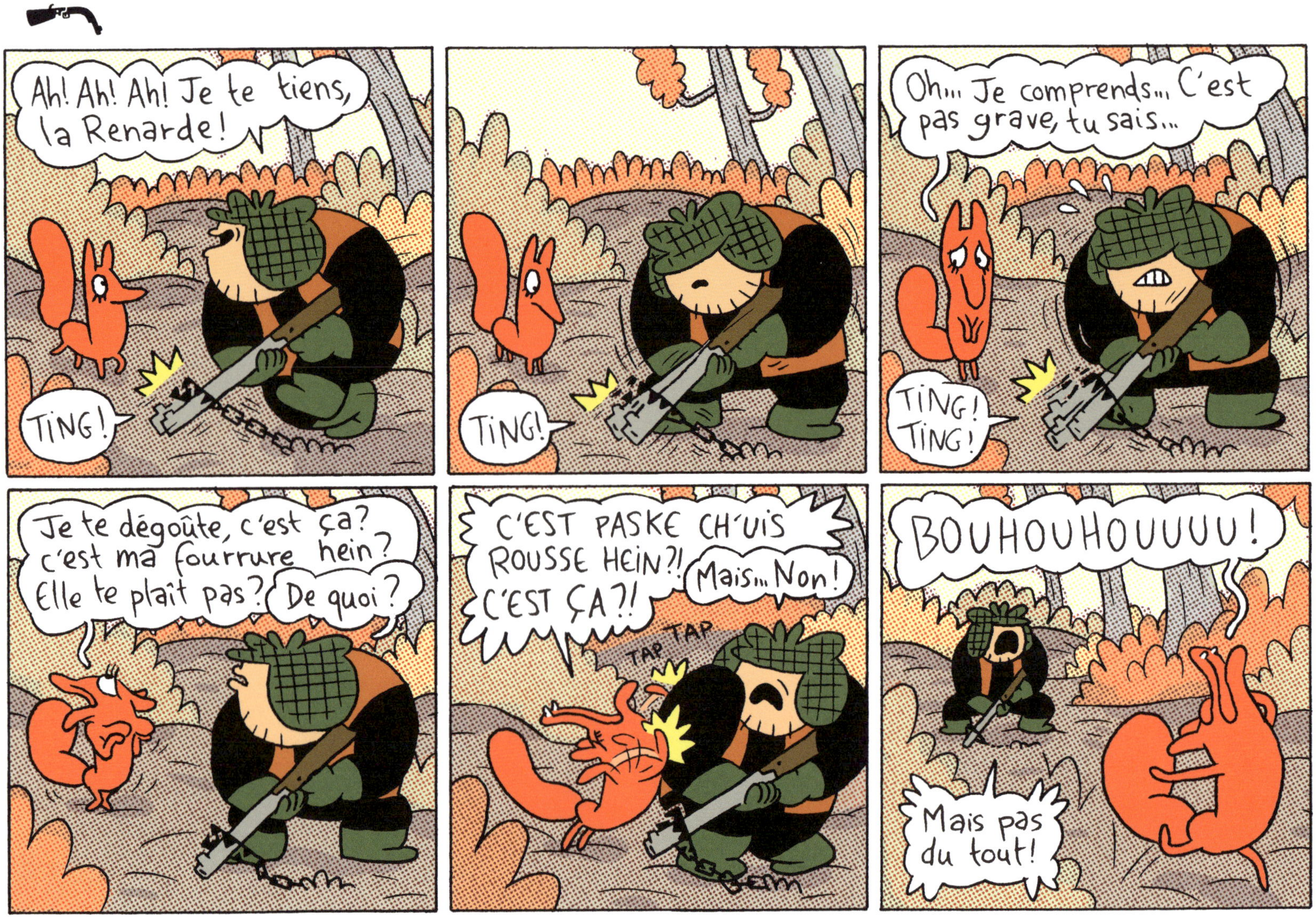
Ah! Ah! Ah! Je te tiens, la Renarde!
TING!
TING!
Oh... Je comprends... C'est pas grave, tu sais...
TING! TING!
Je te dégoûte, c'est ça? c'est ma fourrure hein? Elle te plaît pas?
De quoi?
C'EST PASKE CH'UIS ROUSSE HEIN?! C'EST ÇA?!
Mais... Non!
TAP TAP
BOUHOUHOUUUU!
Mais pas du tout!

K-vin percheron, totale impro en direct de la prairie !
Ouais.
Yo !
Fweestyle !
Le blé... Yo !
L'avoine.
Les cé-ré-ales !
Tout en même temps, j'fais pas dans l'frugal !
Ahan !
Avec le repas, j'plaisante pas ! La digestion c'est...
?
CLAP
Le monde n'est pas prêt pour ça, Kevin...
'Tain, j'y crois pas comment tu m'censures !

AH!
?
Vas-y patron! Tu vas l'avoir!
POP
OUAIS! BRAVO PATRON!
Putain, t'es reloue là...
Oh ben cha alors! Vous m'avez reconnue?
Décidément, on peut pas vous blouser, vous!
Mais vous connaissez cette truite, patron?

Mes rimes dérangent... Y'a des vérités qu'on ne veut pas entendre!
Des vérités sur le blé?
Le blé c'est un prêtessse, une métaphorrr...
À travers les céréales, je chante mon insoumission...
Et le couplet sur les granulés?
Ouais non! Les granulés c'est parce que c'est trop bon, les granulés!
Ah! Ah! Man! les granulés, quoi!
Je vois! Mon discours dissident crée le malaise!
Yo!

Vite, les enfants!
Pff! C'est trop nul! Il faut toujours qu'on se dépêche!
BIM!
ÂÂÂ
YEAH!
PLOU
Hi! Hi! Venez! Elle est trop bonne!
OUAIS!
Ha, les jeunes...
Il faut pas les garder enfermés comme ça, c'est pas bon pour eux...
Vous savez quoi? Vous êtes trop protectrice...
Hi! Hi!

Alors?
Une seconde, patron!
SNOUF
SNOUF
SNOUF
Ben, j'ai plutôt envie de dire qu'elle s'est enfuie par la droite...
HA!
... ou alors par la gauche...
Hu?
À moins que ça soit les deux...
C'est possible ça, les deux?
Ah, elle est forte la bougresse, hein patron?

Ah! Ah! Ah! La chance tourne! Cette vallée giboyeuse me tend les bras!
Après toutes ces années de galère ... KREUH!
Tu vas pouvoir te refaire, mon vieux Roger...
Allez, Roger! Pousse ton fier hurlement, et montre à tous ces bouseux qu'y a un nouveau boss!
HHHHHHH!!
BIENVENUE!
YALP!
Je suis votre nouvelle voisine!
WOUHOUUU
Ah quand même, le cri du loup à la pleine lune, ça a d'la gueule!

Ben, quelqu'un avait laissé le portail ouvert...
C'est moi, si jamais tu voulais t'enfuir.
Du coup, j'me suis dit : fonce, Kevin ! L'aventure, Kevin !
Chuis comme ça moi, chuis un pulsif ! Les décisions, j'les prends comme ça ! TAC ! TAC !
'Faut de l'audace ! J'ai envie de millet ? TAC ! Je mange du millet ! J'ai envie de blé ? TAC ! Je fais la sieste ! Eh ouais ! 'Faut rester imprévisible !
TAC ! TAC !
Mais là, ben en passant le portail, je sentais que ça forçait, ça forçait, pis d'un coup, ça s'est comme clipsé !
TAC !
C'pas drôle, man, maintenant chais pas comment sortir...
C'est sûr que pour partir à l'aventure, c'est pas l'idéal...
Ouais, ça aussi...
Pis y'a surtout que j'ai déjà mangé tout ce qui poussait à ma portée...

‹Vous avez entendu hier? y'a un loup qui a hurlé toute la nuit!›
‹Un loup?›
‹Quelle horreur!›
‹Moi je vous le dis, les filles, si y'a un loup dans la région, ça craint!›
‹Les loups, il paraît qu'ils ont pas d'ombre!›
‹Pas d'ombre?!›
‹Ouais, c'est parce qu'ils tirent leurs pouvoirs de la lune.›
‹Et ils peuvent se téléporter!›
‹C'est terriiib!›
‹Un loup, il peut te donner un truc à boire, ça t'endort et il te viole dans ton sommeil que t'en sauras jamais rien!›
‹Ouais, moi ça m'est arrivé une fois à moi!›
‹J'ai peur!›
WOUH!
‹Hiiiiiiii! Le loup!›
‹Au Secours!›
‹Ah ben non, c'est Georges qui est puni et qui dort dehors...›
Allez steuplé, patron, j'l'ai pas fait exprès de manger les rideaux!
En plus y paraît qu'y'a un loup...

Ah! Ah! Prenez garde, pelucheux bovidés! Roger est là, et il a une faim de loup!
Ah! Ah! Ah! Une faim de loup!
Haem. Inutile de fuir, vous êtes cernés!
Bon... là, je ne puis descendre. Ce vil relief me nargue de son escarpitude.
Voilà qui est finement joué, pleutres antagonistes.
Mais ATTENTION! Ce n'est que partie rebroussée! La topographie ne sera pas toujours là pour vous protéger!
AWOOU
KEURF KEURF
OUU!
Blê?

Hi! Hi! Hi! Si on passe par le champ, on sera plus vite à la cascade!
Ouaiiis!
M'APPROCHEZ PAAAAS!!
PRILT!
SI VOUS M'APPROCHEZ J'VOUS PIÉTINE!
J'VOUS PIÉTIIIINE!
PRILT!
PRILT!
J'VOUS AVAIS DIT D'PAS M'APPROCHER!! J'VOUS AVAIS DIIIIT!!!
Hh! Hh! Hh!
Ouais!! Encore, monsieur Cheval!
Encore!
PLOP
PLOP
PLOP
Hi! Hi! Hi!

Au segloub!
Wawoub! Je sais pas nwagloub!
Tiens bon, Georges!
Attrape cette bouée!
Ponchour, che chuis la pouée quchi parlche!
Veuillez me lancher en direchion d'une personne en difficulté de flottaijon...
Non mais chérieux, lanchez-moi! Vous voyez pas que y'a Georches qui che noie?
Patron? Woubl!

Non mais un loup quoi! Un loup qui me fixait tout droit dans les yeux!
Wouh!
Comment j'ai trop flippé quoi!
Et pas moyen de fuir! Il me maintenait prisonnier avec son regard hypnotisant!
Oh là là! Ça peut aussi faire ça les loups?
GRAVE!
Et après, il m'a MORDU!!
KAÏ!
En plein dans le péroné!
Et comme il avait pas trop de dents, ben il pinçait vachement fort avec ses gencives, là!
Ça a pas de dents les loups?
'Tain! Si ça se trouve, il m'a noculé son venin et je vais devenir tout liquide à l'intérieur pour qu'après il revienne m'aspirer!!
Oh là là là!
Déjà que je m'en sors pas avec la renarde... Si en plus y'a un loup venimeux... Wouhou...
J'ai l'air liquide là ou pas ?

Poc?
GROUIK!
Bonjour! Vous avez la monnaie sur une poule?
NON!! S'il vous plaît! Pas encore mes petits!
Ah! Super! Merci! Bonne journée!
Tenez, mon brave!
POC?
BOUHOUH!

Bonjour, madame la lune...
Heu... ben voilà, j'ai entendu que si on venait hurler ici, vous pouviez donner des pouvoirs...
Comme pour les loups...
Et moi, ben, j'en aurais bien besoin des pouvoirs wawouh...
Parce qu'en ce moment, ça va pas super fort, vous savez...
Bon, ben alors, je vais hurler, mais c'est pas contre vous, hein?
wouh!

CROC!
YALP!
Alors, ça donne quoi, Terrence?
Alors ben ch'est dégueu, qu'eche-que tu crois?
SLUUURP!
CROC!
YIK!
BARK! Ah ouais! C'est infect! T'es sûr qu'on est pas sur un animal mort?
Ben, c'est tout ce qu'on a trouvé Bud...
Non parce que là, c'est un coup à choper la diarrhée!
CROC!
OUYK!
Nan mais sérieux, moi on m'a toujours dit de pas manger si la peau est grise ou bleue...
La ferme, Bud...
SLURP!
...et là, c'est gris-bleu.

Bonjour, dame lapine, je suis la bonne fée !
ÂÂÂÂ !!
Au lapinou qui vient de naître, je vais faire trois dons !
NOOON ! Laissez-le-moi ! Vous voyez bien qu'il est trop petit !
Tout d'abord, je te fais le don d'appétit, pour que ta croissance soit excellente !
DZIIIN !
Puis, je te fais le don de tendresse ! Pour que tu ne sois pas filandreux !
DZIIIN !
En dernier, je te fais le don de goût, pour que tu sois bien savoureux !
DZIIIN !
Hi ! Hi ! Hi ! Grandis bien, petit lapinou ! Hi ! Hi ! Hi !
Blb ...

27...28...29...
...34...35...
...41... et ...42
FRT
FRT
Voilà.
BROF
PROF
POOC!
Halte wawouh! L'entrée du poulailler est interdite aux renards!

PAW!
WAK!
Vous avez eu quelque chose, patron? Vous avez touché quelque chose? Dites, patron! Dites!
Wah bravo, patron! Je cours vous le chercher, patron!
WAAAK...
Hop! Hop! En avant!
Cette fois, j'vais pas vous décevoir, patron!

PLIF
PLIF
PLIF
PLIF
PLIF
PLIF PLIF PLIF PLOU
14! À toi, Georges!
Tu vas voir ce que tu vas voir!
HAN!
PLOU
UN!
C'est bien ça, un?
C'est super, Georges! Et cette fois, t'es même pas tombé à l'eau!
Yeah!

GROUÏK...
Hey! Kevin!
Je t'ai trouvé ça en attendant que ton herbe repousse...
Poc?
Ah merci, man! T'es un pote!
Ah ouais, mais non, j'aime pas ça, j'ai déjà essayé, c'est tout dégueu...
Ah merde...
Du coup, j'peux la manger alors?
Ouais, ouais, vas-y! 'Faut pas laisser perdre.
GROUÏK
Attends, j'peux r'goûter un bout quand même? Si ça se trouve, maintenant j'aime bien en fait.
Je t'en prie...

Dis, monsieur cheval, tu nous laisses passer? Il faut qu'on retourne dans la forêt...
Hein? Quoi?
Ah! Bien sûr! Allez-y, les p'tits gars!
Merci monsieur cheval!
Oh putain, je vole!!
Trop la classe Kevin!
FFFF
FOMP

D'es dertaine que d'est bon pour baire baigrir da?
Oui oui, garde-les bien pendant deux jours!
Barzque d'ai du bal à resbirer là...
Léonie? Bastien? Maman vous cherche partout...
Je file! J'la connais elle, 'faut toujours qu'elle plombe l'ambiance...
OK! Bah berci alors!
Léooonie?
Coucou maman!
Hi! Hi!
ÂÂÂÂ
Dout ba bien badabe?
Badabe?

Rends-toi, Mathéork le barbare!
Jamais, Léax la mazonne!
Tes carottes sont pour moi!
Hi! Hi! Hi!
Très bien! Tu l'auras voulu! Prends ça!
YAAA!
Les enfants?
POC
Ah! Vous êtes là! Je vous cherchais par...
...tout.
M... Mais... Qu'est-ce que c'est que ces horreurs? En... enlevez ça tout... tout de suite!
C'est la Renarde qui nous les a donnés! C'est des casques de guerriers...
Elle avait pas assez de casques pour tout le monde, alors Hugo est resté avec elle, le temps qu'elle en fabrique un autre...

Bonjour, madame la lune, vous êtes venue vous baigner?
Moi, j'aime pas trop ça me bai...
GEOOOOOOORGES!
WOUH!
Georges! Tu as été choisi par les astres pour ramener l'équilibre sur Terre!
Ça alors, la lune me parle!
Afin de sauver la galaxie, il te faudra impérativement me ramener une poule avant le lever du jour...
Une poule?
Wouh! Mais je sais où y'en a plein des poules!
Va... le royaume compte sur toi!
WOUH!
Euh... Une poule ou alors cinq lapinous hein, c'est pareil!
D'accooord!
Wah! Une mission de la lune!

!
LÀ! REGARDEZ PATRON! UNE BICHE! VITE PATRON! TIREZ-LUI DESSUS!
VIIITE!
DÉPÊCHEZ-VOUS PATRON! DÉPÊCHEZ-VOUS!!
ZUT! ENCORE UNE QUI S'ENFUIT!!!
C'est drôlement difficile la chasse! Hein, patron?

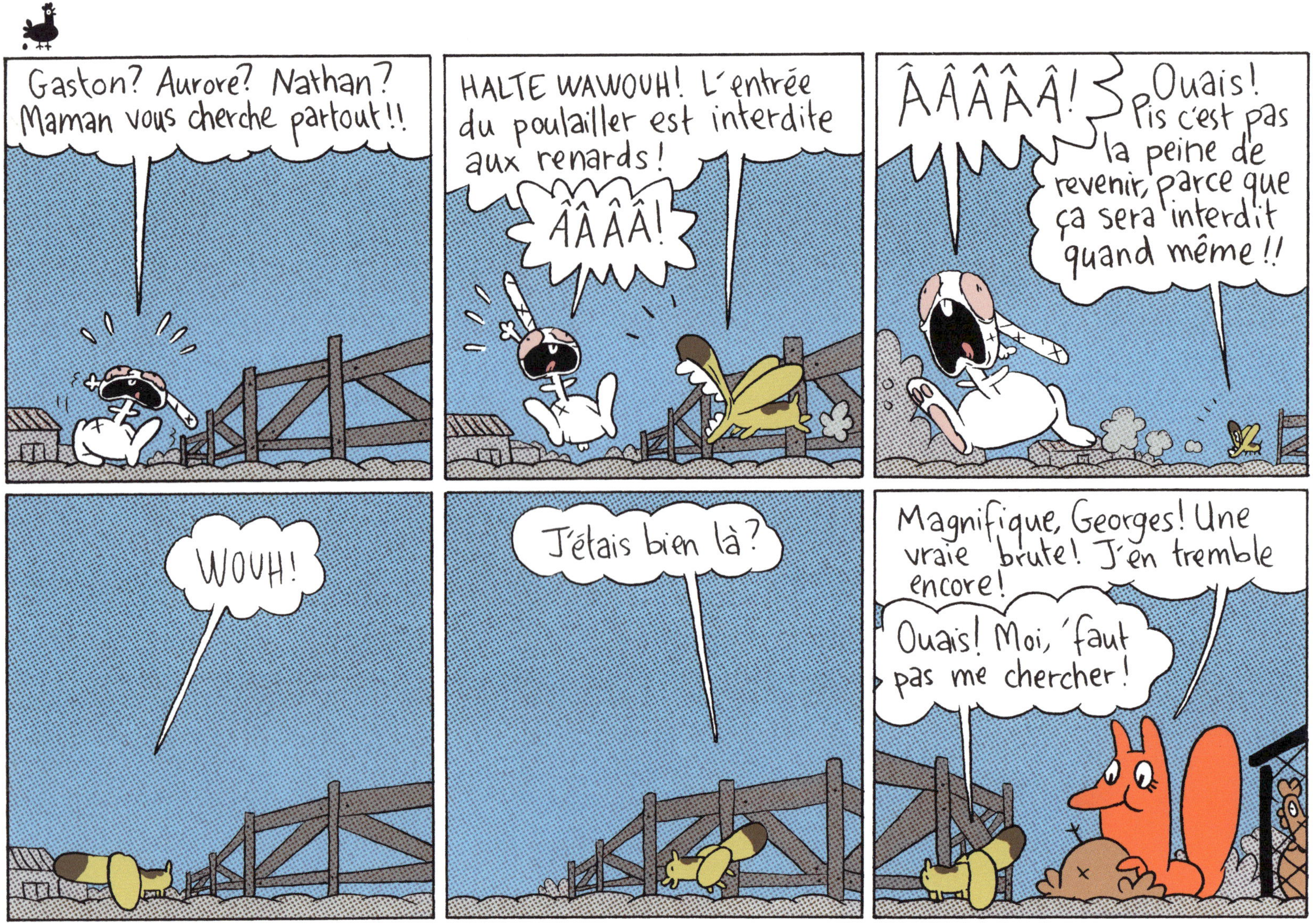

Gaston? Aurore? Nathan? Maman vous cherche partout!!
HALTE WAWOUH! L'entrée du poulailler est interdite aux renards!
ÂÂÂÂ!
ÂÂÂÂÂ!
Ouais! Pis c'est pas la peine de revenir, parce que ça sera interdit quand même!!
WOUH!
J'étais bien là?
Magnifique, Georges! Une vraie brute! J'en tremble encore!
Ouais! Moi, 'faut pas me chercher!

N'ayez pas peur messieurs dames! On y va! Le jeu est à peine truqué!
Si... S'il vous plaît...
Il est où le lapinou? Il est à droite? Il est à gauche? On ne sait pas?
Hi! Hi! Hi!
Hop! Hop! Hop!
Hi! Hi! Hi!
PAC
PAC
Mon dieu! Elle est tellement rapide! On la voit à peine bouger! Zouf zouf!!
TSAAA!
ÂÂÂ!
Alors?
Heu... Ce... Celui-là?
Oh! Encore perdju! Cha alors, ch'est pas votre djour dje chanche aujourd'hui...

Non bah, chuis un p'tit peu responsable de tout ce qui est sécurité dans la propriété...
Par exemple, je gère tout ce qui est accès au poulailler, autour du poulailler...
...je suis le gardien du poulailler quoi... Wouh...
Chalut, Georges! Alors? Cha drague?
POC
POC
Et vous?
Vous gardez dans quoi?

Shhh...
ok patron!
LÀ! REGARDEZ PATRON! UN FAISAN! VITE! TIREZ-LUI DESSUS!
Ah zut! Encore un qui s'enfuit!
?
Vous avez vu, patron! Là c'est pas moi qui...
Tss tss...
Ah là là! C'est difficile la chasse, hein patron?
PLOP

POC
Il est où le chien de garde ? Hop! Hop! Hop!
PAC
PAC
WOUUU UUU!!!
PAC
Alors?
Euh...
Ici?
Ça alors! T'es vraiment trop fort, Georges! Comment tu fais?
S'il vous plaît? On peut arrêter?
Il faut me laisser encore une chance Georges!
Non mais ça file vachement le tournis!
Allons, allons! Tu fais trop le modeste, Georges!
Hop!
HOP!
Hop!
PAC
WOUUUUUUU!!!
PAC

3...
2...
1...
GO!
GNOM GNOM GNOM
GNOM GNOM GNOM
GNOM GNOM GNOM
GNOM GNOM GNOM
GNOM
GAGNÉ!
Ah zut! J'ai perdju!
Ch'est pas fachile!
Youhou! Les gars? Pourquoi il fait noir?

Salut Kevin! Du coup, je t'ai rapporté ça... Tu le manges ça?
Wo! Une carotte! Tu parles si je la mange!
Ah ouais man! Une carotte!
BLÊÊÊ
Ben alors? Elle est pas bonne ou quoi?
Si, mais je viens de me dire, peut-être que si je trouve des graines, y'a moyen d'en faire pousser là, devant...
Pour les coups durs, t'vois?
Je vois pas vraiment des graines là-dedans, moi...
Ah merde!
Du coup, si je le remange, tu trouves ça fait dégueu ou pas?
Ah bah, c'est à toi, hein... Tu fais ce que tu veux!

Tout va bien, maman! On n'a pas été enlevés par la Renarde qui nous a pas mangés! Hi! Hi! Hi!
Ah ça non alors!
Hi! Hi! Pis elle nous a pas remplacés par des fruits! Hi! Hi! Hi!
On peut aller jouer à la cascade maman?
OUAiiiS!
Youpi! Oh non! J'ai perdu une oreille! Hi! Hi!
Vous êtes au courant que j'essaie de vous divertir?
Parce que si ça vous fait pas marrer, ça sert à rien que je continue hein!

PLOUF
UN!
PLOU
DEUX!
PLAOU
TROIS!
HAN!
PLOF
QUATRE!
C'est facile en fait les ricochets! Y'a quoi qui vient après quatre?
Mille.
WOUH!
Mille! Ça fait plein ça mille, non?

CLÉOOOOO!
ALBAAAN! ELZAAA!
Ah! Vous voilà!
ÂÂÂH!
Je vous ai cherchée partout!
Dès que j'ai su pour vos petits, je me suis précipitée! Oh là là...
A... arrêtez!
Allez, tenez le coup, ma vieille! Ensemble on va les retrouver!
CHLOÉ! ALPHONSE! ÉLISA!
Allez! Montrez-vous les enfants!
C'est l'heure du goûter!

AAAAH!
PLA
S... sournois ovin! Aurais-tu voulu m'occire par surprise?
Très bien, tu as tenté ta chance et l'as laissée tourner! Au tour de Roger...
Blêêêêê
... de te dévo YALP!
PLA
Blê
Blê
Blê
Blê
Blê
PLA ... PLA ... PLA ... PLA
Y'a quelqu'un en bas? Tout va bien?
J'ai cru entendre un cri...
Chuis désolé, c'est des moutons neufs, je les gère pas encore très bien...
Ils virent un peu sur la droite...
Blêêê
Allô?

Ah ouais! Ça c'est son odeur, patron! Y'a pas de doute!
AH! AH!
Vous allez voir, cette fois je vais vous le trouver, son repaire!
Là! C'est là! Allez-y patron!!!
Ah ah! Je te tiens la Re...
...narde.
Ah merde...
Poc?
En même temps, c'est normal, c'est ici qu'elle passe le plus de temps aussi...
C'est pour ça...
Son odeur...
Vous dites rien, patron... Ça veut dire que je vais encore dormir dehors hein? C'est ça?
Patron?

Je... Je peux plus, Bud...
Je...
Laisse-moi ici...
Tiens le coup, Terrence! Il faut continuer!
T'inquiète pas vieux, on va trouver un endroit où vivre! Un endroit sain où la peau sera rose et le poil sentira le frais...
HHH...
Et le sang, Bud? Comment il sera le sang?
Rouge, Terrence, écarlate! Rouge, sucré et sans bouts qui croquent...
C'est... vrai?
Oui, Terrence!
Et de la biatch? Y'aura de la biatch, Bud?
Bien sûr, et elles auront d'énooor...
POUITCH!
Nom de Dieu! Qu'est-ce que c'est que ça!!?
Je peux pas voir ça, Bud!
Y'a plus d'espoir, Terrence!
Plus d'espoir.
Bleuarg!

GOBE! GOBE! GOBE! GOBE!
GOBE! GOBE! GOBE!
OUAAAiiiiiS!!!
GOP
Maxime?

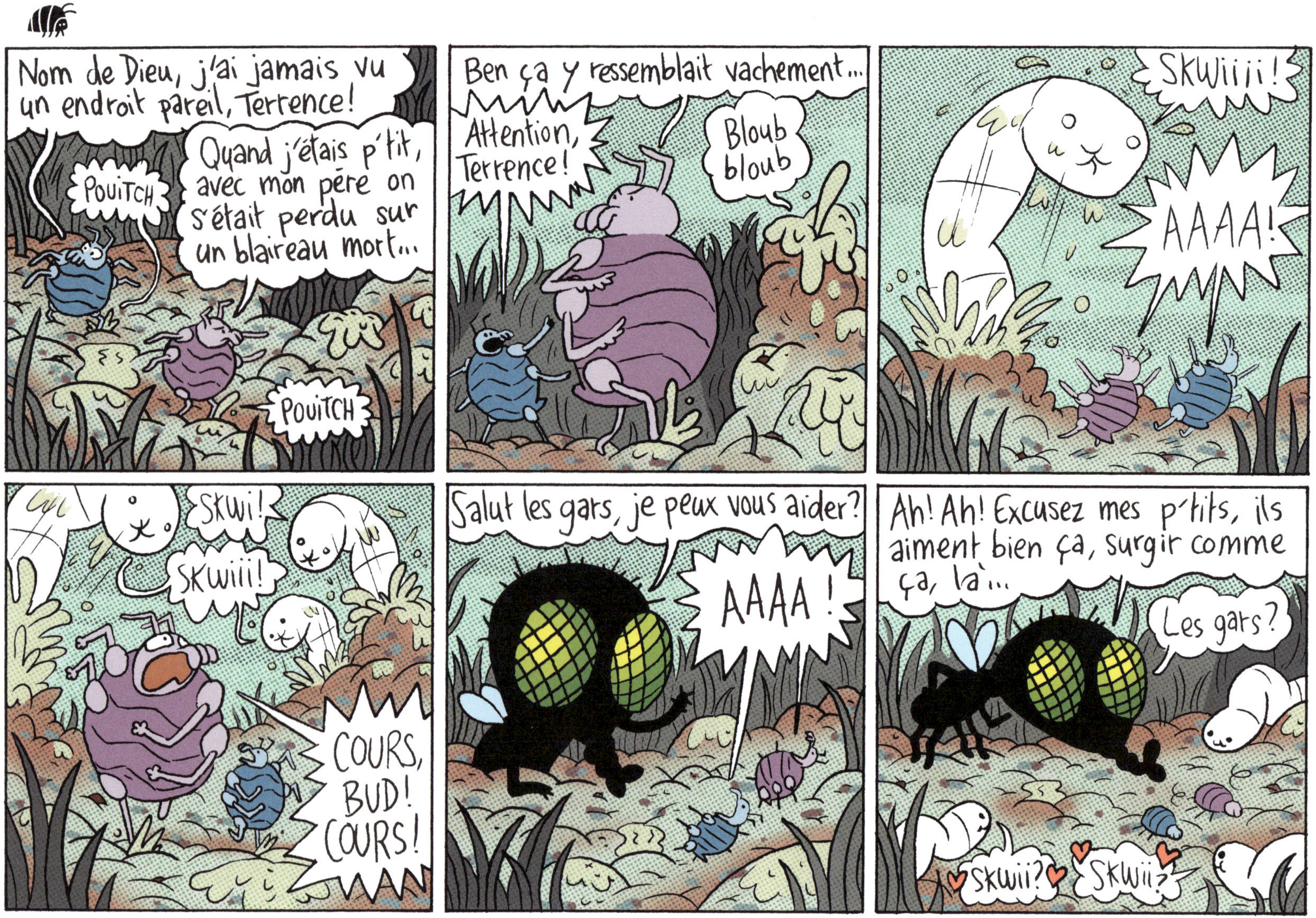
Nom de Dieu, j'ai jamais vu un endroit pareil, Terrence!
POUITCH
Quand j'étais p'tit, avec mon père on s'était perdu sur un blaireau mort...
POUITCH
Ben ça y ressemblait vachement...
Attention, Terrence!
Bloub bloub
SKWiiii!
AAAA!
SKWi!
SKWiii!
COURS, BUD! COURS!
Salut les gars, je peux vous aider?
AAAA!
Ah! Ah! Excusez mes p'tits, ils aiment bien ça, surgir comme ça, là...
Les gars?
SKWii?
SKWii?

Blê
Wah! Wah! Wah!
Blê
Wah! Wah! Wah!
Vous voyez? C'est pas si difficile, Georges!
Vous êtes quand même super forte en moutons! Wahwou!
Allez, c'est à vous!
Euh, alors...
POF
Wa, wa, wablf!
Hi! Hi! Que vous êtes drôle, Georges!
Blê?

GRR! Je suis le monstre du marécage!
Hi! Hi!
Ah! Au secours! Le monstre!
Il va nous manger!
Hi! Hi! Hi!
PLOF
PLIF
Hi! Hi!
PLICH
Va-t'en monstre!
Hey, les gars, il faudrait rentrer sinon maman va encore s'inquiéter...
PFF...
Bon allez, j'vous ramène, les p'tits gars?
OUAiiis!

Là... gnf...
Attendez.
Comme ça...
Gnn!
Mmfff... Eeeet...
Voilààà!
Une boule parfaite!
Vous avez vu? Là, vous pouvez pas dire que je sers à rien! Je SAIS faire quelque chose!
Par contre, je sais pas me remettre en normal. Vous pourriez m'aider, s'il vous plaît?
Vous dites rien, vous êtes impressionné? Hein, patron?
Mmff...
POT
POT

Vous jouerez dedans! Dehors c'est trop dangereux!
Pff! C'est trop pas juste que y'a que toi qui décides! Moi je dis : on vote!
Ouais!!
Ouais!
Non, non, non, vous votez rien du...
Qui vote pour qu'on aille jouer dehors?
Moi!
Moi!
Souupiiir...
Moi!
Et moi!
Ça fait cinq à un, maman! On va jouer dehors!!
OUAiiiS!

Ben alors, pourquoi il grimpe pas sur Toby votre copain? Vous voulez plus partir?
Désolé, Michel, cet imbécile a peur parce que c'est trop haut.
J'ai pas peur, Bud! C'est juste dégoûtant!
Fais pas l'enfant, Terrence, en chevauchant Toby, on aura quitté ces territoires putrides d'ici deux, trois heures.
M'en fous! Je grimpe pas là-dessus.
SKWiii?
Bah, vous disputez pas, les gars! Il se fait tard, vous voulez pas manger avec nous, pis vous voyez ça demain?
Manger? Vous avez de quoi manger ici?
Comment ça? Évidement!
Vous êtes marrants les gars, vous marchez dans la bouffe ici, je sais pas ce qu'il vous faut de plus! Ah! Ah! Ah!
Gnom Gnom
Pouitch
Gnom Gnom
Allez, j'vous sers! Ah! Tout de même, on a la belle vie, hein, les gars?!
POUITCH
Non mais on va pas déranger hein, Bud? On a de la route à faire!
Allez! Ya! Toby! Ya!

Tu savais, toi, que le canard il faut aller le chercher seulement après que le patron a tiré ?
Bah ouais, c'est normal.
Pff... On me dit jamais rien à moi...
C'est comme une course, tu vois. T'attends qu'y ait le coup de feu avant de partir.
Comme ça y'a pas de risques.
Mais moi j'fais pas ça, les coursss... Ça tire trop sur le tricep'.
Ben un coup de fusil aussi, ça fait vachement mal...
Ah ouais man, tu m'étonnes !
Le vétérinaire, il a dit qu'il savait pas si je pourrais me reproduire après ça...
Mais ça a pas de sens...
Je me suis jamais produit moi, non ?
Du coup, je pouvais pas me reproduire de toute façon, si ?
Ah ouais, ça change rien en fait.
Bah oui, non ?

Des questions ?
Oui Georges ?
Hurm... Alors voilà, vous dites : « Ultimement, nous finirons tous dans un saucisson... »
Comment ça dans un saucisson ?
Oui ?
Poc ?
On est trop gros pour rentrer dans un saucisson, non ?
AH! AH! Seulement ton âme, Georges !
Poc!
?
Pooc
Car si le jour du trépas, notre corps est emporté au loin par des camions, en revanche, notre âme, elle, persiste sur terre sous la forme d'un saucisson.
Poco?
Pooc!
Si tu mènes une existence vertueuse, ça sera un saucisson aux noisettes, si tu te dissous dans une vie immorale, alors ça sera un saucisson aux piments.
Vous êtes sûr ?
Poc!
Non parce que moi par exemple, le saucisson j'ai même pas le droit de l'approcher, sinon on me punit... Alors vous voyez, de là à finir dedans, y'a pas de risque...
Seulement ton âme, Georges...
Seulement ton âme...

En tout cas, je suis pas complètement convaincue par votre nouvelle coiffure, kevin !
Ah ouais, non mais ça c'est à cause de la pluie...
Chuis sûr qu'ils mettent des trucs dedans que c'est ça qui fait friser.
Vous croyez ? Moi, la pluie, ça me semble trop haut pour y mettre quoi que ce soit...
Mais si ! Avec les avions.
Les lignes blanches derrière les avions c'est quand ils diffusent leurs produits dans la mosphère...
Ils font exprès, quoi...
Mmm...
Remarquez, c'est vrai que j'ai tendance à friser aussi après la pluie !
Ah ouais ben c'est global, ouais.
Mesdemoiselles...
Yo man !
Madame.
Mais tout de même, quel intérêt de faire friser les gens ?
T'inquiète, s'ils prennent la peine d'envoyer des avions, c'est qu'ils y gagnent...
Y'a pas de doute !

GEORGES!!!
Qu'est-ce tu fous?
Tu veux un coup de pompe ou quoi?
Ben quoi? Le poulet non plus j'y ai pas droit?
C'est pourtant vous qui m'en avez donné la dernière fois, non?
C'est parce que c'était tombé par terre, Georges.
Mais vous inquiétez pas, patron! J'allais le faire tomber aussi celui-là! Ah! Ah! Ah!
Chuis pas con, non plus!
AAAA!
PAF

Cette fois on va l'avoir, patron !
?
TRAAANSFORMATION !
BOULET DE CANON !
AAAA !
PELF
FFRRRT
PLOUF
GEORGES !
À moiblbl !
FFRRT
Vous me gardez ça pendant que je vais vous le chercher ?
Blblb ?

Ben alors, pourquoi on s'arrête ?
'Chais pas, y'a Toby qui d'vient tout nerveux d'un coup...
SKWiii !
Ah ! Ah ! Je te retrouve enfin, source impromptue...
On dirait qu'il a senti quelque chose.
J'aime pas ça, Bud !
SKWiiii !
Allons Toby, calme-toi
Ça craint, Bud, ça craint...
Ce n'est pas une simple distance qui va empêcher le grand Roger de s'adonner à la désaltération !
Ça recommence, Bud...
Serre-moi fort, Terrence.
SKWiii !

Ouais! Trop cool, man!
WAT!
WA!
WOOOT!
TSUOOOOOOOOOOO!
Vas-y! À moi! À moi! À moi!
Ça me paraît pas une bonne idée, Kevin...
Non non, si si! J'sais faire! Vas-y! Passe-moi-la, tu vas voir!
OK
POOOOO
Mff... 'u 'as 'oir!
SPOUP
POCOOOOO!
HEY!
Ah ben voilà, bravo Kevin, c'était mon déjeuner ça!
Non mais désolé, man... C'est à cause de la clôture là... 'Chuis pas lib' dans mes mouvements.
POCOO!

Hhh...
Non mais... Qu'est-ce que c'était... Hhh...
...Encore... Hhh ce truc...
SKwiii!
Aide-moi, Terrence!
GNN!
Merci! Hhh...
Chais pas, on aurait dit un raz-de-marée comme l'autre fois...
On est sur un drôle d'animal Bud, la peau est toute dure et y'a pas de poils.
C'est parce que c'est pas de la peau, c'est du caillou.
TAP TAP.
C'est quoi ça le cayou?
Ben euh... Y'a les animaux, tu vois, ils ont de la peau... Et y'a les cailloux, qui à la place, ils ont... ben... du caillou, quoi...
C'est mon grand-père qui m'a appris ça...
« Bud, le caillou, c'est dur, ça a pas de poils et...
CROC!
OUCH!
...et il faut pas essayer de le manger. »
Bon sang, Bud!
Je crois que je me suis pété une mandibule.

Vous jouez à quoi? Ça a l'air amusant!
À moi!
Aux ricochets, il faut faire le plus de ploufs possible...
Parfois ça va jusqu'à mille...
LE CAILLOU!
PLIF PLIF PLIF...
WA! WA! WA!
?
PLOUF
Je suis désolée, je sais pas ce qui m'a pris...
Il compte pas le dernier plouf, si?
Mais non, Georges! Et quand tu tombes à l'eau non plus ça compte pas.
Ça compte pas quand je tombe à l'eau? Wouh?
Par contre pour votre caillou, je crois bien qu'il est perdu, j'ai rien pu faire...

Ah ben me regardez pas patron, j'y suis pour rien, moi...
KRHEU!
Eh mais je le reconnais! C'est le loup venimeux!
!
VITE PATRON! VITE, TIREZ-LUI DESSUS AVANT QU'IL S'ENVOLE!
Huh?
Zut! Encore un qui s'enfuit.

Non, s'il vous plaît, je vais encore être malade et...
Allons, Georges! C'est pour montrer à Kevin!
Allez! Et on suit bien le mouvement des yeux! Prêt?
Non!
Ouais, vas-y, vas-y!
Tu vas voir...
TSA TSA! Où est le Georges? À droite? À gauche? Au pôle Sud ou au pôle Nord? Tout va si vite, tout est mélangé!
Wouh!
TSA! Alors? Où il est le Georges?
Moi j'sais! Moi j'sais! Il est dans l'bleu! Dans l'bleu! Il est dans l'bleu!
Perdu! Mais... Oh! Que vois-je? Notre ami Georges s'est transformé en bons légumes croquants! Quelqu'un aime les légumes ici?
WOW!
Ah! Ah! Ah! T'es trop fort man! Wah! Et y'a même du chou! Trop merci, quoi!
Bah, tu sais moi, s'il s'agit de faire plaisir...
BLARB

Dites, vous trouvez pas que vous abusez un peu ?
Hi! Hi!
ÂÂÂÂ!
Hi! Hi!
Hi! Hi!
Hi! Hi!
Moi j'veux bien vous en prendre trois ou quatre à l'occasion, histoire de vous débarrasser, mais là...
Hi! Hi!
Hi! Hi!
Vous voulez me faire grossir ou quoi ?
Hi! Hi!
Hi! Hi!
Bon, je vous les prends, mais essayez de faire gaffe...
Coucou maman !
Hi! Hi!
BOUHOUHOU...
Hi! Hi!
Hi! Hi!
Bon, vous m'aidez, oui ?
J'ai pas quatre bras, moi !

Allons Kevin, cessez de faire l'enfant, vous avez beaucoup trop d'imagination voyons!
Non mais si, Georges l'a vuuuu!
Le loup venimeux, il était mort, pis il a toussé et il était revivant! Du coup ça l'a envolé et zouf, il était disparu!
Allons Kevin, je suis sûre que Georges exagère et...
Bah il a fait zouf, tout de même.
Mmm...
Non mais ouais quoi!
Maintenant il va revenir se venger et nous mordre dans le cou pour nous tourner zombie...
Ah, c'est pour ça que vous rentrez la tête...
BÂILLE!
Oui, c'est moi qui lui ai appris la défense de la bouboule, wawouh!
C'est cool, hein?
Georges?
Wouh?
Quoi? Vous voulez que je vous l'apprenne aussi?

FRRR.
FRRR.
Maintenant que j'y pense...
Un de ces quatre, ça serait bien que ça soit moi qui vous invite à dîner... Non ?
Pour changer un peu...
Vous aimez ça, la poule vous, ou pas ?
BOUHOUHOUUU!
Hi! Hi! Hi!

Bon, Toby ! Ça fait trois jours que t'es enfermé là-dedans ! Faut sortir maintenant !
Il est pas mort au moins ?
POC POC POC
Ben chais pas, il était là, 'pis à un moment il a crié « Skwiii, skwiii ! », 'pis il est devenu tout sec !
Allez, Toby ! Nous oblige pas à entrer de...
CRAC !
AAAA !
Ah ! Ah !
To... Toby ?
C'est bien toi ?
Salut les gars !
Bon ! Ça vous dit qu'on aille pécho, les mecs ?
P... Pécho, Toby ?
Ben d'la chatte quoi !
Il m'faut d'la chatte là, les gars ! D'la chatte !
Ah ! Ah ! Sacré Toby !
Ça change des « Skwiii, skwiii ! ».

Et voilà! Cette huile d'olive riche en omégas 3 devrait te décoincer en moins de deux...
Ah, merci man! Enfin!
À toi l'aventure, le grand air et la liberté, Kevin! Comme tu le souhaitais!
Ah euh... Ouais euh... Ouais...
Ouais mais de l'autre côté sinon y'a aussi l'orge, l'avoine et les granulés...
Ah ouais...
C'est double-passant la huile là ou pas?
Double-passant?
Ben mettons que si je sors d'un côté de la clôture, est-ce que la huile elle peut me repasser de l'autre côté?
Comme ça, moi je fais le matin: Aventure, grand air et liberté. Pis le soir, hop: nutrition et repos à la ferme!
Pas mal, pas mal.
Et le midi aussi.
Du coup, c'est double-passant ou pas?
Chais pas, y'a rien écrit...
Ah merrrde...

POCÔT!
AAA!
Vous avez offensé le sommeil de la pounarde! Non pas mi-poutre, mi-moutarde, mais mi-poule, mi-renarde!
GRR CÔT CÔT GRR! Tremblez, mortels!
Georges! Mon fusil! Vite!
Votre fusil? Tout de suite, patron!
C'est pas mon fusil ça, c'est le ficus!
Ah bon?
Vous êtes sûr que vous voulez lui confier une arme à feu?
Alors, le fusil... le fusil...
C'est de Georges dont on parle là...

Alors c'est bon ou pas? Je vous laisse ici?
Parce que si vous voulez que je vous dépose ailleurs, dites-le tout de suite...
C'est impec', Toby! Ah! Enfin du sang frais et sain!
GLORG! GLORG! GLORG!
Ben dans ce cas, j'vais y aller! Moi, j'ai de la mouchette à déflorer! GRRR!
Tu repasses nous voir, hein Toby?
Il a un arrière-goût quand même ce sang...
Bien sûr! Ciao les gars!
Ciao Toby!
Il s'en va Toby?
Parce que je t'assure, le sang ici, il a comme un goût Terrence...
Un goût?
Ouais, un goût de stress un peu...
Il est très bien ce sang, Bud!
Je t'assure, Terrence y'a un goût... Moi je te le dis, on est sur un animal dépressif...

Blandin - Chrisostome

La Renarde s'acharne encore...